Pour Didier, Françoise et Guylaine
Carl

Pour Aline et Laura, tendrement
Claude

ISBN : 978-2-211-08868-8

Loi 49 956 du 16 juillet 1949 sur les publications
destinées à la jeunesse : septembre 2005
Dépôt légal : juin 2008

Mise en pages : *Architexte*, Bruxelles
Photogravure : *Media Process*, Bruxelles
Imprimé en France par *Pollina*, Luçon - N° L45853

Mon meilleur ami du monde

Texte de Carl Norac
illustrations de Claude K. Dubois

PASTEL
l'école des loisirs

Ce matin, comme tous les matins,
Simon est heureux de retrouver Lola.
Il lui sourit au-dessus de sa grosse écharpe.

À la récré, dans le bac à sable tout froid,
Simon aide Lola à chercher le trésor des pirates.

Ensuite, Simon est d'accord
pour être l'affreux capitaine Crochet.
– Génial, je voulais tellement être Peter Pan ! s'écrie Lola.

À la cantine, pour amuser Lola,
Simon se fait jongleur de bonbons.

Lorsque Thomas traite Lola de bébé, Simon la protège.
– Attention, minus ! À deux, on est plus fort que toi !

– Simon, tu es mon meilleur ami du monde! s'écrie Lola.

Mais à la sortie de l'école, Simon a l'air embêté.
– Lola, je dois te dire quelque chose…
– Que se passe-t-il, Simon ? Tu es bizarre !

– Mes parents déménagent et moi, je change d'école.
– Mais alors, je ne te verrai plus ? demande Lola.
– Si, je viendrai te voir dimanche. C'est promis ! dit Simon.

Doucement, leurs doudous se donnent un bisou.

Ce soir-là, Lola est triste.
Elle a vraiment besoin d'un câlin.

Le lendemain, à l'école, elle se sent seule.

Dans le bac à sable, il n'y a plus de trésor de pirates.

Peter Pan s'ennuie sans son capitaine Crochet.

Les bonbons, c'est moins bon, sans Simon.

Thomas traite de nouveau Lola de bébé
et plus personne ne la défend.

– Bon week-end ! À lundi ! crient les copains de sa classe.
– Moi, j'attends dimanche, répond Lola.

Maman et Papa installent le grand sapin pour Noël.
Lola ne le regarde pas. Elle attend dimanche.

Samedi, il neige. Les voisins se jettent des boules en riant.
Mais Lola ne sort même pas. Elle attend dimanche.

Enfin, c'est dimanche.
À midi, toujours personne! Mais soudain, on sonne…

– Je suis là ! dit Simon.
– À l'attaque, Capitaine ! crie Lola.

Lola et Simon creusent un trou dans la neige
et trouvent enfin le fameux trésor des pirates !

Ils rentrent à la maison pour le goûter.
– Ch'est quoi cha ? Ch'est bon cha ! dit Simon.
– Ch'est normal, Chimon, ch'est au chocolat ! répond Lola.

Les parents de Simon vont arriver.
C'est déjà l'heure de se quitter.
– Approche ton doudou, il veut un bisou, chuchote Lola.

– Simon, tu es mon meilleur ami
du dimanche du monde ! dit Lola.